蓝色花诗丛

重返伊甸园
—— 劳伦斯诗选

［英］劳伦斯 著

毕冰宾 译

人民文学出版社

图书在版编目（CIP）数据

重返伊甸园：劳伦斯诗选/（英）劳伦斯著；毕冰宾译.—北京：人民文学出版社，2017
（蓝色花诗丛）
ISBN 978-7-02-013571-4

Ⅰ.①重… Ⅱ.①劳… ②毕… Ⅲ.①诗集—英国—现代 Ⅳ.① I561.25

中国版本图书馆 CIP 数据核字（2017）第 305651 号

出版统筹	仝保民
责任编辑	张海香
特约策划	李江华
特约编辑	杜婵婵
封扉设计	陶　雷

出版发行	人民文学出版社
社　　址	北京市朝内大街 166 号
邮政编码	100705
网　　址	http://www.rw-cn.com
印　　刷	三河市宏盛印务有限公司
经　　销	全国新华书店等
字　　数	120 千字
开　　本	787 毫米 ×1092 毫米　1/32
印　　张	4.875
印　　数	1— 6000
版　　次	2018 年 2 月北京第 1 版
印　　次	2018 年 2 月第 1 次印刷

书　　号	978-7-02-013571-4
定　　价	30.00 元

如有印装质量问题，请与本社图书销售中心调换。电话：010-65233595

编者的话

"蓝色花"最早源于德国诗人诺瓦利斯的一部作品,被认为是浪漫主义的象征。蓝色纯净,深邃,高雅;蓝色花,是诗人倾听天籁的寄托,打磨诗艺的完美呈现。在此,我们借用上述寓意编纂"蓝色花诗丛",以表达诗歌空间的纯粹性。

这套"诗丛"不局限于浪漫主义,公认优秀的外国诗歌,不分国别、语种、流派,都在甄选之列。我们尽力选择诗人的重要作品来结集,译者亦为一流翻译家。本着优中选精、萃华撷英的原则,给读者提供更权威的版本,将阅读视野引向更高远的层次。同时,我们十分期待诗坛、学界和广大读者的建设性意见。

二〇一五年五月

译者的话

本诗集是我从劳伦斯大量的诗歌中选译的五十八首合集,是我第一次尝试翻译劳伦斯的诗歌。选择似乎没有什么特殊原则,完全出自自己的喜好,与目前英语世界出版的劳伦斯诗集的篇目完全不同。因此说这是"黑马的选择",也算其特色。

这些诗歌分属劳伦斯诗歌创作的早、中、晚三期。从中可以看出,他读大学和在伦敦教书时期的诗歌基本都是相对规范的押韵诗。从他与弗里达私奔到德国开始,他的诗歌创作进入了自由诗体阶段,很少严格押韵了。这段时间他创作了大量爱情抒情诗歌和咏物诗歌,多数收入他的诗集《看,我们闯过难关》和《鸟·兽·花》等。他的晚期诗歌很多是抨击时弊的打油诗,幽默调侃,别有风味。而他颇具启示录风格的《最后的诗》则是集象征主义和表现主义风格于一炉的高蹈诗作,大气磅礴,韵调沉郁,值得吟咏。

但本集只把他的诗歌分为押韵诗与无韵诗两部分,便于读者从韵脚的角度欣赏其诗风。

押韵诗为劳伦斯青年时期的诗歌,其节奏比较自由,诗句的长短不一,而且经常为了押韵或诗行的整饬而通过断行和跨行来表达一个意群,在这方面已经完全是现代诗歌的形式了。但在韵脚上,这些诗又不是完全自由体,还保留了古典诗歌的某些特征,是基本押韵的。所谓基本押韵,意思是韵脚相对自由,不是一首诗押一个韵,往往是每阕各自一个韵,或每阕中首尾押韵,或双行押韵,或隔行押韵。总之,是很自由的押韵形式。可以看得出,有时为了押韵,诗句的断行显得稍有牵强。这样的押韵诗在翻译过程中就很难一一对应韵脚,尤其遇到一行结尾只有一个或两个单词如"我""但是",而实质性的句子却挪到了下一行。如此连续的跨行和断行的句子,就更难原汁原味体现原来的韵脚。因此这一部分押韵诗的韵脚基本都不是原诗的押韵形式了,仅仅是翻译成中文后译文的押韵。有的原来是隔行押韵,可能在译文中就成了每两行各押一个韵,或相反。但每首诗的断行形式和行数都保持了与原诗的一致,这样读者至少能知道原诗有多少行,原诗里一个整句如何跨行断句。

这以后的诗基本都是无韵的自由体诗歌。这一大部分翻译起来相对自由些,但还是严格按照原诗每一阙的行数翻译,跨行和断行也遵照原诗的原有形式,以求让读者体味原诗的原貌。如遇原诗有些行与行押韵,译文也尽量相应押韵。

对于有的后置形容词组,则无法完全按照英文的顺序翻译成中文,必须偶尔改变词序,主要是以介词 of 为标志的后置形容词词组。如:

> Now, from the darkened spaces
> Of fear, and of frightened faces

这样整个介词词组都要在中文里提前到第一行,前面的 spaces 要换到第二行,成为:

> 现在,从恐怖与满是惊恐脸面的
> 黑暗空间

这样的调整与处理是合理的,但也因此失去了原诗的韵脚,也是很无奈而可惜的。

劳伦斯诗歌注重内在的节奏，有些长诗在英文里朗读起来可以说激情澎湃，一泻千里，完全不受韵脚和诗行的限制，是典型的现代诗。译者希望尽可能地在译文中体现出这种洒脱自由的风格，以飨读者。

黑马

二〇一七年四月九日于北京

目　　录

押韵诗

野性的公地 …………………………… 003
精疲力竭 ……………………………… 007
童年的杂音 …………………………… 009
偷樱桃的蟊贼 ………………………… 010
童贞少年 ……………………………… 011
农庄里的爱情 ………………………… 016
夜色小镇 ……………………………… 020
最后的时刻 …………………………… 021
平坦的城郊在晨光里 ………………… 023
学校里最珍贵的 ……………………… 025
又一次探家结束 ……………………… 028
赤足奔跑的婴儿 ……………………… 032
一朵白花 ……………………………… 034

米开朗琪罗	035
早班工	037
请求	038
惩罚者	039
终点	041
新娘	043
童贞母亲	045
继承	047
孤寂	050
回味哀伤	052
释怀	053
火车上的吻	055
订婚者的手	058

无韵诗

海上升明月	063
汉奈夫附近	064
第一个早晨	066
阳台上	068
基督圣体节	070
肢解	073

耻辱	076
年轻的妻	079
绿	081
河玫瑰	082
茶香月季	084
重返伊甸园	086
醒来	089
春天的早晨	090
婚姻	093
有人爱的男人之歌	100
身经沧海的男人之歌	102
一个女人对所有的女人说	104
新天地	107
丽达	117
我看电影的时候	118
诺丁汉的新大学	119
男人	121
蜥蜴	122
纯真的英国	123
祈祷	126
地中海	127

虹	129
灵舟（是秋天了）	130
灵舟（打造好你的灵舟了吗）	138
阴影	140
凤凰	143

押韵诗

野性的公地

荆豆丛上点点阳光跳跃
闪烁,恍若星火;
欢快的田凫呼啦啦掠过:
它们又战胜了岁月,呼啸着诉说。

兔子,一堆堆褐色的泥土,在
它们啃噬过的可怜草皮上堆起。
它们在睡眠?还是活着?看啊,当我
抬起手臂,小山在它们的涌动下爆裂隆起!

公地美丽炫目;可地下在涌动
光点闪烁的金盏花喷薄,挑战开花的灌木丛;
那里,慵懒的小溪淙淙
蜿蜒流缓;这里醒了,跳动,欢笑,喷涌。

一座老水塘,曾经的羊药水池,
柳树环绕,水面阴暗,清凉的溪水潺潺
　　流入;
赤身站在陡峭青草柔软的塘边
我凝视我苍白的倒影徘徊微颤。

荆豆花儿谢了、我走了,又何妨?
若是水不再流,金盏花和白杨鱼又会
　　怎样?
我轻视的这东西是什么?
涟漪中我白皙的倒影拉得长长,如狗儿让绳子牵着
　　走向前方。

它回望,如同一条白狗向主人回望!
岸上的我实实在在,倒影在抬头看我,
　　回头张望!
水在流啊流,湍急流淌,
那白狗跳着、颤抖着,我拉绳的手
　　越来越松。

当一个实体该有多好,在这里!
我的影子哪里都不在;只有高贵的我在这里!
我在这里!在这里!田凫在尖叫;金盏花
　　听到后发出大笑!
这里!兔子跳跃。这里!荆豆在喘息。这里!
　　远近的昆虫在言语。

阳光下,温暖体贴的空气从我皮肤上
掠过,快乐地亲吻我,七只云雀同声歌唱。
你在这里!你在这里!我们找到了你!到处
我们都寻找实体的你,要抚爱你,这赤裸的儿郎!

哦,但是水爱我,拥抱着我,
与我嬉戏,摇动着我,抬起我,沉降我,呢喃着:
　　哦,多么神奇的东西!
不再是倒影!它抱住了我。
紧紧地,抱紧我,抚摸我,似乎要永远
　　把我抚摸。

太阳,实在的太阳,如黄色的睡莲一样!
田凫盘亘,羽翅扑打在吼叫的神秘岁月上。

那就对,那就好,那是神在显形!一只
  兔子在飞跑
行坚信礼。我听到云雀嘹亮的七重唱。

精疲力竭

如果她来这里找我
  一排排割下的青草间
  一条条小径
在阳光下闪亮,雁阵齐刷刷
飞入夕阳!如果她来这里找我!

如果她愿意这就来找我,
趁着割下的蓝铃花还没打蔫
野豌豆花依然红艳!
趁蝙蝠还没从树枝上飞落
去黑夜中纳凉。如果现在她来找我!

马儿卸下了缰绳,轰鸣的机器
也终于静了。如果她愿来找我

我们会从山脊
抱来干草,静静躺下,直到
绿色的天空不再颤动,不再闪烁。

我会倒在
草垛上,头枕她的膝。
安静地躺着,她
安静地呼吸,群星
蔓延,默默地。

我就想安静地躺着
如同死了,感到
她的手悄悄
抚摸我的头脸,直到
痛感全消。

童年的杂音

屋外白蜡树可怕的皮鞭高悬,
夜里狂风大作,树声呼啸
如风中的大船桅杆
在风暴中恶毒地怪叫。

屋里响起两种声音:女人在尖叫
愤怒狂叫,可怕的男人怒号
震天动地,淹没了女人的声音
血液都已凝固沉寂,白蜡树仍在喧嚣。
(这首诗记述的是劳伦斯童年时父母争吵的
情形。)

偷樱桃的蟊贼

长长的黑枝上，如同红色的宝石
  镶在一个东方少女的发丝里，
挂着一串串鲜红的樱桃，仿佛
  每个发卷下殷殷的血滴。

晶莹的樱桃下，三只死鸟横陈，
  翅膀收拢。
两只白脯画眉，一只黑鹂，三只小蟊贼
  地上斑斑血痕。

一个女孩两耳挂着樱桃
  倚着草垛朝我笑。
她让我品尝那鲜红的樱桃，可她眼里
有没有泪珠儿？我想知道。

童贞少年

偶尔
我眼中的生命
我嘴里颤抖着道出的生命
如同别人一样的生命
悄然溜走,叫我怎不惊恐。

随后
我那未知的胸膛
开始苏醒,胸膛下的
微澜中,开始奏响
急切的旋律,沉静昏睡的小腹
瞬间开始了反抗。

我柔软昏睡的小腹,

微颤着苏醒,只有一个冲动和意志,
不知不觉
下面的我冲我挺起,
那侏儒从根部耸起,用力,
高耸而起,将我击垮倒地。

他站起,我在他面前战栗,
——你到底是谁?——
他阴沉硕大,不语,
我无法责备。
——你是谁?你与我
有何干系?你这浑身闪光的叛逆。

他是那么美!无声,
无眼,无手臂。
可他是神圣大地上的火焰,
是夜里的火柱耸立①。
他明白,从深处,他独自

---

① 《圣经·出埃及记》中记载以色列人走出埃及,一路上上帝白天为云柱,夜间为火柱为他们引路。

明辨事理。

遗世独立,他独自
领悟明理。
浑身闪光,他自信,冥冥中
他耸起。

我在他的阴影中颤抖,他在燃烧
为了黑暗的目标。
他耸立如同灯塔,黑夜在他根上
搅动,他黑暗的光滚动
进入黑暗,又在黑暗中向回转动。

他在呼唤吗?这孤独物。他那
深深的沉寂是否充满了召唤?
他是否隐身而动?他峻峭的曲线
是否划向女人那边?

流亡者,火之柱,
只是虚妄
你充满情欲的光芒,

化作了痛苦。

黑暗、红彤彤的火柱,饶恕我吧!我
无助地缚在
贞洁的顽石上。你那
陌生的嗓音已喑哑。

我们在旷野中呼叫。饶恕我吧,我来
欢悦地躺在
女人的峡谷,
荡起双人舞步。

黑黑的你,骄傲的弧线美人!
我崇拜你,欢呼雀跃。
可男人的抑制力却断然拒绝
我贸然行事。

他们将门板卸下①
铺就了道路。我向你致敬

---

① 《圣经·诗篇》中有"永久的门,你们要抬起,荣耀之王要进来"的话。

只是要夺去你的贞洁。你的宝塔颓然虚无。原谅我吧!

农庄里的爱情

窗边哪儿来的一双双黝黑大手
在金黄的光芒中紧握
在晚风中挥动
　　令我满心欢乐？

啊,是满树的叶子！可在西边
我看到红光突然闪亮
照进黄昏焦虑的胸膛——
　　爱在回家的路上。

金银花在屋外缠绵
向她的爱人低声呢喃
　　沐浴着阳光的调情人一整天
　　在她唇上嬉戏

轻佻快乐地偷吻,盗去花粉
　　离她而去。
　　　　　她甜言蜜语喃喃向飞蛾求爱,
飞蛾在她头上盘旋起来
她会袒露光滑的胸乳
为自己的恋人酿蜜。

暮色金黄
下面的农庄里信步走来一个男人。
他弯腰查看低矮的棚子,
燕子在那里架起了婚床。
　　她温暖的身子靠墙而卧
　　惊悚的眼神迅速
　　扫视男人,又转开
　　小脑袋,露出颈上一抹温暖的红。她惊恐
　　跳出苦心搭建的暖巢,
　　　伴着一声哀鸣
　　　蓝色燕子俯冲
　　　飞入苍茫暮色中。

啊,灯心草丛边的鹬鸟儿

藏起你美丽的猩红脸儿
收拢你机敏的尾巴,安静地躺下装死,
直到他可怕的脚步消失!

兔子抿起耳朵,
清澈但苦恼的目光回望,
蜷缩身子,再疯狂跳荡
逃离恐慌。
可铁圈套住了她,
可怜的棕毛球瑟瑟,
发狂挣扎仍遭灭亡。

很快它死在他硬邦邦的大手中。
他大摇大摆地走来!
眼神平静而善良
只等着在惊喜中睁大褐色的双眼。
我是回应他
还是让他猜测我婆婆的泪帘?

听到他手拉门闩,我从椅中起身
他呼地闪进门

龇着强壮的牙齿在笑,目光闪亮
冲我得意扬扬,随手
把软绵绵的兔子扔在案板上。
冲我走来:啊!高举起剑一样的手
抵住我的胸膛!啊,闪烁的目光
似刀片要我逢迎
他的降临!他的手扭着我的脸庞,
抚摸我,用他散发着兔皮腥臭的
手指头!上帝!我已经被他的圈套套住!
不知颈上缠着多细的铁丝;
只任凭他摸索我脖颈上
生命的脉搏,听凭他像鼬鼠一样
快活地嗅上几口再把鲜血吸光!

低下头,嘴碰上我的嘴!低下头
他的黑眸遮住我的双眼,如风帽
盖住我的头脑!他的唇贴住我的唇,波涛
似甜蜜的火焰掠过我全身,我就
被他吸住死了,死是如此美好。

夜色小镇

教堂钟奏响八点
乐声肃穆清晰,淹没了孩子们的叫声,他们
　　还在草地上玩耍。
柔和硕大的阴影压过来,教堂
将我们笼罩在灰影下。

像催眠的动物,在阴影覆盖下
房屋都睡去,在房屋之间
高大黑暗的教堂蠕动,焦虑地让它们
安眠,温柔地将它们遮掩。

睡梦中一家人悄无声息。
我盼望教堂把我跟别人一起覆盖
在这个家里。可她为何要排除
我,不让我安眠睡熟?

最后的时刻

橡树斑驳的阴影洒在我身上,
我在深深的草丛里平躺。
片片草叶抚弄我,
高处茂盛的花蕾尖角
刺破蓝色花苞
舞动起火一样的旗帜,酢浆草
这嫩绿的植物
鲜亮炫目。

在树梢,犹如在山上
升起来白月亮,
一片云掠过如泉水喷涌,
在低处打转,但很快
涌起聚成浑圆的拱顶。

多好啊,在家
如昆虫在草丛
让生命悠然流动!

渗入我头发的三叶草香
红色三叶草馥郁芬芳
一只笨重的蜜蜂难以承受
自己的沉重,从未向上爬动。
即使无忧无虑的花香也不能
挽留住时光。

驶向城里的火车在山谷里轰响,
飞过草丛传到我耳旁
我身上的纽带越来越短,
唉,我得去南方!
(这是劳伦斯一九○八年离开家乡去伦敦当教师前写的诗。)

平坦的城郊在晨光里

红色新屋野草般丛生
　　一排又一排
红色的植物耸立投下
　　方形的斜影。

鲜红的新屋一面明亮
　　沐浴着阳光。
背面是阴影,难以看清,
　　把人行道遮挡。

匆匆过客神情专注
　　从此穿行
人流如蚁脚步不停
　　沉默无声。

光秃的路灯杆僵硬而立
　　凌乱而孤单
在证实大地的颓丧
　　枝丫已被砍光。
(这首诗是劳伦斯初到克罗伊顿镇的印象。)

学校里最珍贵的

百叶窗拉下遮挡阳光,
男孩子们和教室陷入黯淡
在水下漂流:随百叶在风中飘荡
阳光淌入
明亮的涟漪在墙上荡漾。
我独自坐在教室的岸上,
看着身穿夏装的男孩子们
埋头苦写。
一个接一个灵机一动
抬头向我张望,
若有所思,
扫过似看非看的目光。
他为自己的作业小有激动,头
又转了回去,

找到了要找的答案和词句。

这样真是甜蜜,上午的阳光舞动着
越来越灿烂,我独自陪伴一个班。
我感到一道觉醒的涟漪
从我流向孩子们,沐浴他们聪颖的心田
在这短暂的时光里。

    这个早上,真是甜美
感到孩子的目光把我照亮,
再倏忽间明亮地转回到作业上。
每个人都带着自己的发现
转瞬离开,如同鸟儿偷了食就飞向蓝天。

一阵阵抚摸落在我身上
他们的目光在我这里寻找
力量的食物,开心地品尝。

如同卷须渴望地伸展
缓缓地盘卷直到勾到大树
他们依附向我,顺势向上攀爬

爬到他们生命的高处。

我感到他们紧紧依恋着我,
像葡萄藤一心向上;他们缠绕我
把我的生命和他们缠在一起,我的时光
隐藏在他们身上,与他们一起激动荡漾。

又一次探家结束

何时我才能再看到半个月亮下沉
在花园边黑色的无花果树后?
何时白夹竹桃的暗香
能越墙飘进我敞开的窗?

为什么午夜的钟声如此缓慢悠长
　　(十二点的钟声会停吗?)
一次次带着深深的责备敲打我心房?

月雾笼罩着村子,那钟在说话。
全村的小屋顶都低下头,可怜,央告,
　　顺从。
——说吧你,我的家! 我哪里不好?

在家乡,我突然爱你
当我听到街上传来清脆的马蹄声,
随后是尖锐的声音打破沉静
火车穿过峡谷传来悠长的轰鸣。

母亲房门下的灯光熄灭了。
  她是那么爱我!
  她是那么孤独,头发白了!
  可我却离她而去,
  忙于我的追求!

    爱是最大的乞求者。
    太阳和雨水从不探寻
    谷物在黑暗中挣扎的秘密。
    毫不痛苦地独行,
    没人为她的离去而悲鸣。

永远,永远在我的肩上可怜的爱在流连
蜷缩着如同低矮的房屋在迷雾之间。
永远,教堂的手指捅破迷雾在责备,
以可怜的挑战姿态指着我的眼睛,爱藏在那手指背后
  在哀怨。

啊！雨水淌下来打湿黑暗中
孤独挣扎的谷物，
又无言耐心地悄然溜走！
月亮在夜空中起步
在昏暗的高空中孤独行走
平静地，坚定不移。
没有丧亲之痛尾随，
没有爱的泪水令
她一直这样行走：
在我身边
羸弱、悲哀，低着白了的头
这乞讨的女人，满眼渴求
坚定不移的爱人尾随行走。

野性的小母牛，充满了奇特的新生命力
在她身边急躁地扫视
　　逃走去寻找孤独。
小小的谷粒儿用土壤掩盖自己。
甚至那安静的卵在蛋壳里孵化
　　耐心地分离，自我分离

也要毫不声张,隐藏自己。

可当我用沉默的短外衣把眼睛盖上
可怜的爱人儿探进来窥望,
颤抖的手指触摸着衣扣,试图
将耳朵贴近我抽泣的脉搏,
她的泪水打湿了我的胸膛,
  在那里燃烧,烧得滚烫。

  月亮暗了,红了。
  峡谷中有只水鸡在无聊地啼鸣
    那叫声
凄凉,单调,令我
    没了自信,没了行动。
一个嘶哑的声音不懈地要求
   不懈地,不倦地,
    要从我这里得到更多
     还要更多。

赤足奔跑的婴儿

婴儿的白脚丫在草坪上踢踏
如同风中摇曳的白花,
它们跑跑停停如风刮起的白烟
吹低了水草掠过水面。

白脚丫在草丛中嬉戏
如鸫鸟的歌声微颤,那么迷人。
又像两只蝴蝶贴在玻璃杯上
柔软的羽翅扑棱棱作响。

我盼望她迎风朝我扑来
像一道风中的阴影掠过池塘,站在
我膝盖上,我一手握一只她的小脚
她的小脚雪白。

如早晨的紫丁香结一样清凉
又似初绽的牡丹花结实而滑爽。

一朵白花

娇小的月亮如一朵洁白的茉莉
独自斜倚在我的窗上,在冬夜里,
如椴树花透亮,如晶莹的雨滴
闪烁,我青春的第一个白衣恋人,毫无激情,徒劳
　　无益。

米开朗琪罗

是谁的手让你如此丰满?
是谁的手坚定陷入你身体两旁
塑出腰肢的浑圆,哦,天啊,
顺着你的肢体,快乐如同一个新娘?

你何以被塑造得如此奇特?是怎样温热的手指
勾勒出你嘴巴的线条?是怎样强壮的双肩
助你挺立?让人们骄傲地看见
你形体的线条中,那无名塑造者的影子?

是谁握了一把光,揉了一个圆球
捏紧它直到捏出美妙的黑色光焰,
赋予你黑色的眼睛?哦,天啊!人们都
透过这道闪光看到你心里面。

是谁蹲下,嘴巴像要亲吻
用吻让你获得生命的激情并给你的嘴
留下生命和微弱急促的呼吸?
无论从何处来,你都得防止窃贼。

从何处来,又到何处去?直到
同样的老问题无解!奇特而欣喜
你获得了生命,但你无权支配
它离开了你,只落得空悲戚。

早班工

铁路边一堆湿木桩
闪烁着血红,上面一群工人
在蓝色的晨光中穿梭
何等美好的景象。

古铜色线轴样的手臂和古铜色的脸庞
在晶莹的架子中摇晃
如蔚蓝色洞穴边的侏儒①
边干边笑,看似游戏一场。

---

① 这里借用北欧神话中居住在洞穴里的侏儒形象形容高处劳作、身手灵活的工人。

请 求

海伦,你把星星当作
黑树枝上燃烧的槲寄生浆果,
那就把我当作融满吻的酒杯
嘴对着嘴,啜饮我。

海伦,你让我的吻废弃
蒸发到黑夜里,我祈祷
啜饮我吧,你这黑夜的酒神女祭司!
你怎能从我这融满吻的酒杯上离去?

惩罚者

我从那口小井中汲出泪水
用严厉的话语将泪水汲起
　　滴入小河里。

我严厉冰冷的话语仍在继续,
看着男孩子脸上内疚的泪水
　　晶莹地流溢。

祈求着怜悯和爱,诚实的眼,
凝视着我充满怒火的眼里
　　发出审判。

…………

泪水已干,脸颊如鲜果

笑脸上赦免后的目光清澈,因为
　　痛苦曾如此深入骨髓。

末日审判的天使再次离去。①
孤独的我如熄灯后的教堂,
　　疑虑渗入了心中的凄凉。

灌木丛中火焰腾起,
山楂树叶噼啪作响,愤怒地扭曲着淌下汁液,
　　上帝转身离去。②

我的头如霜打过的花朵
沉重垂下,我的心缓缓跳动,多么吃力,
　　我的精神已经死去。

---

① 在末日审判中,天使将正义与邪恶之人分开,将后者扔进火炉。见《圣经·马太福音》第十三章,第四十九至五十节。
② 主的天使和上帝在燃烧的灌木丛中与摩西对话,其火焰从不熄灭。见《圣经·出埃及记》第三章,第二至六节。

终 点

如果我能把你放在心上,
只要我能把你包裹,
那我该多么快活!
现在我记忆的图卷
再次展开
我们的旅程到这里,从此就要分开。

可是,唉,你从来,从来没真正活过
你很多的自我,我的爱人,你的
另外几张面孔我从未见过!
它们仍然时隐时现
来去之间我泪流满面。

啊,我的爱人,今夜我摇晃着你,

可再也没有丁点希望
治愈你的痛苦，补偿
你一生的祈求与失望。
我明白今夜我的一部分已经死亡。

新　娘

我的爱人今夜看似少女，
　　可她已经老去。
枕上的发辫，
　　不是金黄，
而是夹杂着银丝缕缕，
　　还散发着神秘的凉气。
她看似少女，因为她的眉毛
　　还柔顺、美丽；
滑润的脸庞，双目紧闭，
　　睡相如此奇异，
平静、妩媚，如此沉稳安谧。

不，她睡得像个新娘，梦着
　　她最完美的一切。

她终于躺下了,在梦中像个宝贝,
　　她死了的嘴巴还在唱着
就像唱着,如同清澈夜空中的画眉。

童贞母亲

我的小爱人,我的宝贝,
你曾是我的一扇门,
让我脱离了樊篱
进入这陌生的乡村
人群拥挤如茂盛的蓟草,
在我看来却也楚楚动人。

我的小爱人,我最亲的人,
你生了我两次,
一次生自母腹,亲爱的母亲,
一次生自你的灵魂,长成
心无旁骛的人,我亲爱的,
没有别人能进入我的心。

所以,我的爱人,我的母亲,
我会永远对你奉献真心。
我生过两次,我最亲的人:
一次是活,一次是死,都因为您。
从此有了这样的生活,
我是自由身。

我与你吻别,我的亲人,
我们从此要走不同的路;
你是夜晚的种子,
我是个要去耕作的男人。

继　承

自从你真的离我
而去,我的亲人,
将自己消隐,
我看到每个阴影
都与它们相认,
好奇充满了我的心。

这场死别令我茫然
可我几乎没有感到失去你。
你留给了我一个馈赠
是很多口舌,于是阴影们向我
叙述,沉默向我展示它们的游移。

你送我一束火光

它来自死亡,燃烧在
日月星辰的呼吸中
点燃了哀伤者阴暗的
薪柴,直到人们烧成
坦诚的幽灵。

一队又一队,在街上
如鬼影起伏
向我发出光亮;
房顶上的星星每晚
都向我哼唱
火热的歌,那么悠长。

一整天里,这小镇上
都闪着微妙的鬼影
上下荡漾
在公地上,身着囚服样的衣裳,
眼中胆怯的目光
向我闪烁,我发出了回响!

所以我不孤独也不悲伤

虽然为你悲伤
我的爱人。
我在镇上人群中走过,他们
三缄其口,可黑夜
却将他们的心语曝光。

孤　寂

自从我失去你,就被孤寂萦绕;
　声音扑闪着小翅膀
俄顷,就疲惫地停息在
　无声涌动的洪水上。

路人是否
　像涟漪迅速荡漾开去,
剧院是否叹息又叹息
　粗声大气。

或是风吹散了光影
　在死静的黑色河水上,
还是昨夜的回声
　令清晨颤动。

我感到这寂静等待着
　再次将这一切吸光，
完全彻底痛饮下
　人们的喧嚣声浪。

回味哀伤

一片黄叶在黑暗中
如青蛙从我眼前跳过去,
我为何吃惊还默立?

我望着这生养我的女人
躺在光影斑驳的黑暗
病室里,一心
赴死而这瞬间的黄叶却将我
带回这雨中的混乱
落叶、灯盏和街道乱作一团。

释 怀

海伦，假如我昨日知道
你能排解伤口的
　　疼痛，
那肿胀、刺骨的疼痛
　　让你那柔软洁白的肉体
啜饮，如同痛苦的天空中
雷电被大地啜饮，
　　海伦，我会恨你。

但是我四肢喷射着火焰，
我的骨骼和血液里
　　流出烈焰
喷向你，我气体的大地，我钢铁的

岩石①,可爱的白色欲望之光,
  你没有名字。
你是我浮动气体的土壤,
是我时断时续呼吸的气韵,
  我无法不依恋你,海伦。

你啜饮了那黑暗的
死亡风暴,而死亡
  也已从我湛蓝的眼睛中
消失,我看到你美丽、可爱,
美丽、柔顺、刚强,当我那
  渴望的气息吹拂你的面颊。
我看见自己像清风浮漾
轻若游丝,如鸿毛轻扬。
  而你
  是我盘亘的大地。

---

① 钢铁与石英撞击会发出火光。

火车上的吻

透过她的发丝
　　我看到大地在旋转；
秋日的田野
　　光秃秃蔓延。
牧场上羊群
　　惊恐地扭头回转。

可永远永远
　　这世界在旋转，
我的嘴唇吻着
　　她脖颈上跳动的脉搏，
我的胸膛紧贴着
　　她颤动的心窝。

可我的心在一切的
  中心，晕眩中
仍是一个支点，
  随大地
沿着自己运行的轨道
  旋转。

在我的鼻息里依旧
  她肌肤的芬芳未散；
我迷惘的面颊依然
  把她重新寻觅；
依旧是同一条脉搏，
  跳跃在人世间。

整个世界都在欢愉中
  旋转
如同苦行僧①的舞蹈
  毁灭
我的理智——而理性

---

① 指伊斯兰教中以狂舞为礼拜仪式的托钵僧。

如玩具在飞旋。

但是我的心
　　坚定依然；
我的心和她的心
　　完美地一起律动，
似有衔铁①
　　把我们的磁场相连。

---

① 衔铁是蹄形磁铁两极之间的软铁,用来保持磁力。

订婚者的手

她茶色的眼睛是漠然的玛瑙石,
坚硬,如长期拘谨中练就的宝石;
是的,她嘴唇上拘谨简单的抚慰
甚至不如她的话语令我欣慰。

只有她的吻向我流露出这唯一的
安抚,在她双唇间,在血运最旺时
两只坚硬粗壮的爪抓住了我
孤独的心头肉,随之又拒绝,滑落。

她僵硬的双唇告诉我她的心仍然
渴望爱,可当我的手触她的乳
她却将我推开,如女商贩,当她的货摊
被窃贼盯住。

她那双女人的手大而有力
比我的手还重,可被我攥在手里
却如铁夹中的小兔;我迷惘的心明白
她血液里无声的告白。

她的手没有挨上我就抽回
如沉重的大鸟在麦茬上飞起,落到
我身上昏昏欲睡,在睡眠中不安地
移动身体,扰乱我的心绪。

她的手放在我膝盖上,多么亲昵!
她试图放弃,多么奇怪,可她的手却
深入我的骨肉,探入我心中
如一只奇妙的白鼬在骚动!

她的手抓住我这双手,将这男人的手
拉向她,深深埋在胸口,
我就该在那里,她强有力地合拢
双臂,要抱紧我入梦。

啊,她把双手贴在墙上,
紧压在墙上,亲吻自己深色的大手,
然后散开黑发,一团乌黑落下,
处女的束发披散在肩头。

她坐在哀怨的发丝织成的黑色夜幕中
做着莫名的梦,可我觉得她仍是
那个订了婚的女子,爱着我,也珍护着
少女的贞洁和我的名声。

无韵诗

海上升明月

见过月亮,却没见过
她从海宫里升起,
脸色羞红,赤裸浑圆,如同离开婚房
和歇息的新郎,升起并抛洒
欢快的自白在海浪上,
在浪头上写下她
狂喜的自白,直到她闪烁的美向我们挥洒
袒露,我们终于明白,我们确信
美超越死亡,
完美辉煌的体验永不会
虚无,但时光令月亮黯淡
不待我们完美的体验
在这莫名的生命中黯然消弭。

汉奈夫附近

暮色中小河汩汩流淌，
苍白的天空露出诧异的神情
　　几乎是狂喜的表情。

万物闭门歇息，
一切烦恼、焦虑和痛苦
　　消失在暮色中。

只有眼前这暮色和流水声
　　将成为永恒。

终于我懂得我对你的爱在这里，
我能看清爱的全部，它就如同这暮色一样完整。
它硕大无朋，我先前就是看不清，

因为有那些细碎的光亮闪烁纷扰
　　烦恼、焦虑、痛苦。

你的呼唤,我来回应,
你的愿望,我来玉成,
你是黑夜,我是白昼。
　　还要怎样?完美如斯,
　　完美又圆全,
　　你和我,
　　还要什么——?

奇怪啊,如此我们为何依然痛苦!

　　　　　　写于莱茵河畔的汉奈夫

第一个早晨

失败的夜
　　为何不呢——?

在黑暗中
　　窗上晨光闪烁
　　穿过黑窗框
　　我无法放松,
　　无法将自己从过去解脱,那些别人——
　　还有我们的爱是一场混沌,
　　恐惧在心,
　　你躲避着我。

此时在早上
　　我们沐浴着阳光坐在小神龛旁的板凳上,

眺望那一道道山梁
阴影下的山梁,
看芳草地上
遍地蒲公英毛冠
在墨绿的草丛中如一片气泡
在阳光下挺立——
有你在身边,这就够了——
山峦平稳,
蒲公英的种子半藏在草丛中,
你和我在一起
我们的爱
令它们自豪而快乐。
它们就挺立在我们的爱情上,
一切都从我们开始,
我们是源泉。

　　　　　　　　　写于布尔堡

阳台上

阴沉的山峦前,一道苍白迷惘的彩虹,
我们和彩虹之间,闪着雷电。
下面绿色的麦田里,农夫们
如黑暗的树桩,默立。

你在我身边,赤脚穿着拖鞋,
透过白茬木阳台的气息
我闻到了你的发香。随之轻轻的
闪电从天而降。

浅绿色的冰川河飞流而下,
一条黑色小船划过阴沉的河面,去向何方?
雷声轰鸣。可我们仍然相互拥有!
天上那耀眼的闪电犹豫了

溜走了——我们除了相互拥有还有什么？
那船也消失了。

基督圣体节

你以你的方式,我以我的方式;
你跨过你的亲人,心无旁骛,伤害了所有人;
我跨过我的亲人,伤害了他们,虽然加着小心。

可我们稳步而来,不顾一切,
从不同方向聚首
来到这楼上。

这阳台
俯瞰着街道,牛车缓缓
而过,载着绿和银色的桦树
庆祝基督圣体节。

从阳台上

放眼俯瞰麦田,绿玉色的河水
在松林间流淌,
流向远方直到蓝色的群山
雪光与天光辉映。

成了;一阵狂喜的颤抖穿过全身如同
清晨第一缕风穿过细细的白桦树干。
你终于焕发光彩如同山巅抓住了
白天让天空变得魔幻。

我终于能彻底甩开尘世来会你
毫无羞耻,赤裸,白瘦;
你终能不顾名节,我看到你
每一刻的光彩和全部的美。

无耻而无畏,我爱你;
不顾漠视,我爱你;
无视嘲弄,我们翩翩起舞,
躲开阳光我们进入阴影,
穿过阴影进入阳光中,
再从阳光进入阴影。

我们跳着
你将我尽收眼底,流露了你的心声;
我们跳着
我啊,将你尽收眼底!
一起舞仅仅是庆祝我们在一起
两个白色身躯,敏锐又无辜,
熠熠闪光,感天动地
我们自己的天空,地老天荒。

肢 解

浓重的雾霭笼罩在麦茬地上,
我仰着头张开嘴巴走着。
穿过那里,一轮惨白的月亮燃烧殆尽。

我恐惧地握住这黑夜,
不敢回身。

今夜我让她一人独处。
他们会以为我永远离开了她。

哦,上帝,多么疼
她与我分离!

或许她会回英国。

或许她会回去。
或许我们就此永别离。

如果我走过整个德国
就到了北海或波罗的海。

再过去就是俄国——奥地利,瑞士,法国,又转回!
我这是在巴伐利亚迷雾中的路上。

我心疼。
英国或法国,遥远之地,
或许仅仅是她要去的地名而已?
我不在乎这大陆继续伸延,大海多么辽远;
我的心为她而疼
如同断肢那样;
甚至没有渴望,
只有疼。

一个断腿人!
哦,上帝,如此被肢解!
成为一个残疾人!

难道我就再也见不到她？

如果他们这样告诉我
我的恐惧会将天空扭曲；
我会在痛苦中改变很多东西。
我会用自己的心去打破这个制度。
我抽搐的身体能撼动几重天地。

她也苦。
可谁能强迫她，如果她违拗所有人选择我？
她还是没有最终选择我，她在犹豫。
黑夜，人们，黑暗的神，控制了她的睡眠。
神奇的黑暗鬼魅在睡眠中带走了她的决心，
令她没有选择，促使她靠近我，靠近我，
哦，活生生的黑暗之神，夜的力量。
（劳伦斯与弗里达私奔到德国后，弗里达家人都反对他们结合，弗里达一时犹豫不决。）

写于沃尔夫拉契豪森

耻 辱

我内心骄傲而孤独很久,
别抛下我,我会崩溃。
别抛下我。

我怎么办,如果你又离去
这么快?
我指望什么?
我去向何方?
我会变成什么样,我自己
"我?"
它意味着什么,这个
我?

别离开我。

我怎么看待死?
如果我死,不会是因为你
仅仅还是因为
你不在。
同样的缺憾,生与死,
没有满足,
同样疯狂的空间
你不为我存在。

我不敢赴死
因为害怕死后的缺憾。
而我又不敢活。

除非有吗啡或毒品。
我才能忍受这苦痛。
总是坚强,坚忍不拔
会让我不再是我。
我肉体上的一切继续活着
但那不再是我。
生或死都无济于事。

我无法期待死亡
也不期盼未来;
干脆不去盼望。
只有我自己
伫立,困窘,双目紧闭。

上帝啊,我没有选择!
满足偏偏与我作对
永无休止!
自我完善的重负!
满足的代价!
可,上帝,我必须有她!
必须,我没有选择!

别抛弃我。

年轻的妻

爱你的痛
几乎令我难忍。

怕你,我在惧怕中行走
黑暗就从
你站的位置升起,黑夜掠过
你的眼睛,当你看我的时候。

啊,我从未看到过
太阳中的阴影!

现在每棵开心的大树
转身背对太阳
俯视地上

它曾经躲避的阴影。

在每个闪光物脚下
黑夜都在向上张望。

哦,我想唱
想跳,但无法睁开
阴影下我的眼睛:黑暗
溢满了四周。

那是什么?——听啊
空气中微弱的沸腾声!

如同贝壳中的轰鸣!
死亡仍躁动在那
野花摇曳的地方
云雀闪烁着蓝光——

爱你的痛
几乎令我难忍。

绿

黎明一抹苹果绿,
  阳光下天空一杯绿色醇酿,
一爿金黄的花瓣月挂天上。

她睁开双眼,绿色
  闪烁,清澈如鲜花初绽
第一次,这是第一次发现。

写于伊金

河玫瑰

伊萨河畔,夕阳里
我们漫步,歌声悠扬。
伊萨河畔,夜色中
我们爬上猎人的梯子,
在荒地冷杉树枝上悠荡。
河与河交汇,铃声一般
淡蓝的冰川水在夜空中鸣响。

伊萨河畔,夕阳里
我们看到黑红的野玫瑰
悬在河面;呱呱
蛙鸣,河口上冰水寒凉
光影中玫瑰飘香。
出国后恐惧依旧。我们低语:

"没人知道我们。
随他去,让蛇来决定命运
在这泥泞的荒地上。"

茶香月季

早晨她起床
我不动,凝视。
她在窗下铺开浴巾
阳光打在她肩上
泛着白光。
腰间闪烁
柔和金光
她弯腰捡起海绵,摇曳的乳
似盛开的黄色
茶香月季。

她往身上滴水,肩膀
银光闪烁,翩跹
如湿漉漉的玫瑰,我倾听

那雨打花瓣的溅落声。
窗口阳光明媚
辉映她金色的身影。
花瓣重叠,金光四射,如
柔美的茶香月季。

重返伊甸园

穿过激情的窄门,
闪烁的火光中,
疯狂的爱火正颤抖
在疯狂的欲望肉体上。

迷醉中,
理智融成颗粒,
激动中逃离
悠然的火焰:

终于静燃,
让无尽的仇恨烧得精光,
在一天的开始时分
我们靠近了这扇门。

现在,从恐怖与满是惊恐脸面的
黑暗空间,
死,在我们恐惧的拥抱中
靠近后飘过;

我们靠近了燃烧的屋檐
天使的剑戟,如火炬
挥舞,在这危险的进军中
望洋兴叹:

我们回眸那凋谢的玫瑰,
阳光下黯淡了的星星,
那里是我们的栖息地
是我们的庇护所。

漂亮而坦率的情人,
褪去了尘世的伪装,
干脆如啄木鸟偎依在
永恒的田野中。

在那里,以无罪之身,
全然暴露,一目了然,
向死而生
我们就在那里。

可我们要冲开天使把守的
伊甸园大门,这久已荒废的
伊甸园,被上帝藏匿着,
却无视我们的痛苦。

众天使的主和魔鬼
留在了不朽的
平畴,胜利的我们走向
伊甸家园。

归来,超越善恶,
我们归来。夏娃,散开
你的长发,为了幸福的狂欢
在我们原始的沃野。

醒 来

我醒来,湖光在墙面上抖动涟漪,
  大片阳光涌进来,
一只毛茸茸的大蜜蜂盘亘在报春花上
  在窗口,一身的黑毛绒,一阵嗡嗡。

有什么我应该记住可还是
  没记住。管他呢!这流动的光线
与芬芳的报春花,毫不理会
  高悬的蜜蜂——美哉啊这景观。

春天的早晨

啊,透过敞开的门
看到那棵杏树
满身鲜花怒放!
　　——咱们别再争吵。

粉红的杏花丛
湛蓝的天空下
一只麻雀飞舞着。
　　——我们闯过了难关。

的确是春天了!看吧,
当他觉得自己孤独
他就如此欺凌那鲜花。
　　——哦,你和我。

我们会多么快活！看他。
他践踏着花丛
是那样粗暴。
　　——你可曾梦想过

那会多么痛苦！不要担心
都结束了,这里是春天了。
我们还会有幸福的夏日
　　——美好的夏天。

我们死了,我们杀戮又被杀戮,
我们不再是从前的我们。
我感到了新生,渴望着
　　重新起步。

多么美妙,活着并忘却,
感到了焕然新生。
看那花丛中的小鸟儿,叽叽喳喳
　　啁啾不停！

他觉得整个蓝天
比不上他窝中
淡蓝的鸟蛋——我们会幸福的，
　　你和我，我和你。

不再需要斗争了——
至少在我们之间。
看啊，门外的世界
　　多么妖娆！

　　　　　　　　　　　写于圣戈登齐奥

婚 姻

1

来吧,我的小宝贝,到我跟前来,
爬上来,让你圆圆的头颅顶住我的胸怀。

我是那样爱整个的你!你是否感到我包裹着你
用我全身和我的火热,如火焰包围着灯芯?

我一无是处,只是你身上的一团火。
抚摸你,我烧活了自己;——那是我,还是你?

那圆圆的头颅顶着我的胸脯,如果仁在果壳中。
我是苞叶马上将它包起:乳房、腿股和双膝。

那双肩如此温暖丝滑;我感到我
是一缕阳光映在上面,照活了它们。
成为你是多么好啊!再贴近我,让我更强壮。
我把你覆盖!多可爱,你圆圆的头颅,你的双臂,

你的乳,你的膝和足!我感到我们
就是一团火,我是簇拥你的火焰,
你是火的核心,烧进我身体里面。

2

啊,我的小宝贝,我抱紧了你,
我颤抖着,靠你活着
如同火焰依赖灯芯!

我,这个紧紧抱着你的男人,
我的魂是那样依恋你的怀抱,我抓紧你,
我的命根!

假如你不需要我!我就沉没
如没有依托的光线

沉没得无影无踪。

珍惜我,我的小宝贝,珍惜抱紧你的我。
滋养我,容忍我,我只属于你。
我是你的难题。

那么浑然硕大,如一团熊熊火焰
当我搂紧你,你爬进我怀里,
我的生命忽地腾起烈焰
当它被你点燃!

3

我的小乖乖,我的大宝宝,
我的鸟儿,我的棕色麻雀在我怀抱。
我的松鼠紧紧扎在我怀里;
我的鸽子,我的小鸽子,那么温暖
紧贴着我,那么安静地呼吸。

我的小乖乖,我的大宝贝,
我是那么热烈那么强壮,搂着你。

假如你要脱离我的怀抱,离去,
我会猛然坠入空虚
如同火焰突然而熄。

你会在我跟前高耸入云,
我则会犹疑不稳
如徐徐熄灭的火焰残喘不死心。

4

可我现在刚强,充满信心
因为有你在我心中那么坚定
支撑我。

面对未来我感到
那么自信、温暖、强壮而幸福
我像一粒蕴含着完美花朵的种子。

不知它会开成什么样,
我们开出
什么样的花儿,我的爱人?

无所谓,我是这么幸福,
我感到像一条结实、丰饶而健康的根,
欢乐地等待未来。

我是那样完全地依赖你
我的小宝贝,我的大乖乖!
以后的一切不属于我,
不属于我们各自,
属于我们两个。

5

想想会有什么出自我们俩,
我们两人,如此拥抱成小小一团
会有什么出自我们俩
孩子,行动,言语,
或许只有幸福。

或许只有幸福出自我们俩,
过去的悲伤,新的幸福,

只有那新的生发于我们俩。

那是我唯一的渴求,
我相信会有,
我们相信会有。

6

可你总是你,你不是我。
我是我,我从来不是你。
我们如此可怕地界限分明,遥不可及!

可我为此高兴,
我是那么欣慰,你总是遥不可及,
在我之上,
我永远也成不了你,
我总要幻想,期待,
寻找某种生命的气息,只要我一息尚存,
仍然等待你,无论你我多么老,
我都要了解你,寻觅你。

你也会永远陪伴我，
我永远不会停止更新自我，
留住你伴随我。

有人爱的男人之歌

她的双乳之间是我家,在她双乳之间,
三面都是空旷和恐怖,但第四面
踏实而强壮,在她那墙一样的双乳之间。

久已明觉这世界,我从未坦白
这多么刻骨铭心,岩石无论多么
坚硬,大地天空多么不安,可水照常向西流淌。

一切都在运动中,有自己的小径,跳动着,
人们在接触在诉说在发生微小的
联系,又跳开,弹跳弹跳,如一只皮球!

我的肉体厌倦了跳来跳去!——
我的耳朵厌倦了跳跃的词语,跳来

跳去,毫无意义。主张!论断!石头,
　　女人和男人!

她的双乳之间是我家,在她双乳之间,
三面都是混乱和动荡,但第四面
是宁静踏实的港湾,在她那小山一样的双乳之间。

我就是我,仅仅如此,可我
又是那么丰富,绝不会失去自我。所以我最终触摸
全部的非我——柔软甜美,那就是她。

那混乱,跳跃聒噪如弹片,至少
给了我一扇通往宁静的门,在温暖的东方
她的胸怀温柔地贴着我,混乱停息了。

于是我希望我永远
脸埋在她的乳房之间;
平静的心充满安全感,
把她的双乳静静地紧攥。

身经沧海的男人之歌

不是我,不是我,是风把我穿透!
柔风送爽,吹动着时光的新方向。
如果让它搭上我,带走我,如果它带走我!
如果我敏感,精巧,哦,纤巧,是长翅膀的礼物!
如果,最美的是,我屈服于它,让
这美之又美的风带我穿过世间的混乱
如同一把精致的錾子,镶着刀片;
如果我锐利而坚硬如錾尖
让隐形的风驱动,
岩石会凿开,我们会看到奇迹,发现那金苹果园。

哦,为了这涌进我灵魂里的奇迹,
我要当一束美好的喷泉,美好的源泉,
不掩盖任何呢喃,不浪费任何表达的语言。

哪里来的敲门声?
为什么夜里有敲门声?
是有人要戕害我们。

不,不是,是那三位陌生的天使,
让他们进来,让他们进来。

一个女人对所有的女人说

我不在乎我在你们眼里是否漂亮
　　你们这些不相干的女人,
你们看到的没一样属于我自己;
一个男人称重,一块又一块加着骨头
称重,称扔在秤盘里的
　　一切,你们这些女人。

你们可以观看并评论,我
　　看似不像其他女人。
我的脸或许不讨你们喜欢,身材也不,可如果你们
　　知道我是多么幸福,我的心在风中吐露真言
如叮当的响铃,声声悦耳
　　你们这些女人;

你们会拿起镜子,会希望
　　改变模样。
有的美你们看不出,我和他
般配,相称,一身的荣光;
那是般配相称摇荡的美,
　　你们这些女人。

有这种别样的美,是星星的美
　　你们这些落伍的女人
如果你们知道我是怎样平静地与这个男人
对称摇摆,我的肉体多么享受
荡漾的快感,没什么能毁灭它,
　　你们这些女人:

你们会妒忌我,你们会认为我神奇
　　无与伦比;
你们会哭泣,为错过这伴随我的
和美,你们会百思不解为何这个人
如此陌生,竟能与我共鸣
　　时时处处。

你看他与众不同,是个危险人物
　　没有怜悯、没有爱。
可他那独特的生命解放了我
给我宁静!你们看不出
星星如何信步而动
　　在天际,那样美妙绝伦。

我们心无旁骛前行,安眠,旅行,
　　你们这些女人。
我觉得这就是美:抬起并离开
似人非人,似双又单
缠绕一起,化作无形
　　你们这些不相干的女人。

　　　　　　　　　　　写于肯星顿

新天地*

1

就这样我跨入另一个世界
腼腆而恭敬地等待一个来自
未知世界的邀请让我踏进。

我很欢欣,独自一人在世上,
独自一人,十分欢欣,一个新世界
我终于踏上。

我要欢呼,因为我刚刚冒险进入了新世界。

---

* 这个标题典出《圣经·启示录》第二十一章第一节:"我看到了一个新天新地,旧的天地已经消逝。"

我要欢呼,自由地喊,不识任何人。

无论这未知的世上未知的人们是谁
他们绝不懂我为自己在他们中间冒险的喜泣
因为我这仍然是旧世界的表达方式
他们不懂,因为这姿态让他们感到那么那么奇异。

2

我实在厌倦了这个世界
它令我极端厌恶
一切都被我玷污,
天,树,花,鸟,水,
人,屋,路,车,机器,
国家,军队,战争,和谈,
工作,娱乐,政府,无政府,
都被我污染,我从开始就懂这些
因为我就是这一切。

我采花时,知道那是我自己在采撷自己的
　　绽放。

我走进雨中,知道那是我行进在自己的创举
　　之中。
我听到战争的炮声,那是我自己的耳朵倾听我
　　自己的毁灭。
我看到撕裂的尸体,我知道那是我的残尸。
那是整个的我,我自己的肉体里发生了这一切。

3

永志不忘这一切的疯狂恐怖
那都是我,我早就懂得,我在心中期盼这一切
因为我既是始作俑者也是结果
我是上帝也是造物,是一体。
创世者,我看着我的造物。
造物,我看着我自己,造物者。
最终这是疯狂的恐怖。

我是情人,我亲吻我爱的女人,
作为恐怖神,我也在亲吻我自己。
我是孩子的父亲和创造者,
可是,哦,哦,可怕呀,我自身在创生也在怀孕。

4

最终死亡来临,彻底的死,
它终于让我解脱,我死了。
我埋葬了我爱的人,好啊,我埋葬了自己,离去。
战争来了,每只手都举起去杀戮;
好啊,好,每只手都举起去杀戮!
好啊,太好,我是杀人犯!
好啊,我可以杀,杀,看着他们倒下
肢体残缺、恐怖加身的青年,成群
重叠堆起,一堆又一堆
鲜血淋漓,成堆地火化
冒着恶臭的青烟,飘散而去
被杀戮的青年和成人,一堆堆
一堆堆,一堆堆,可怕的恶臭尸堆
直到堆成山,直到或许我化作乌有;
成千上万破碎恶臭的死人
那是青年,成人和我
泼上油烧毁,化作腐臭的浓烟,滚滚

黑烟污染天空,直到黑下去黑下去如黑夜,或死亡,
　　或地狱
我死了,在黑烟下的坟墓里化作乌有;
在酸臭黑暗的泥土里化作乌有
坟墓的泥土,化作乌有,化作乌有。

5

上帝,但死去化作乌有是好事,
在酸腐的泥土里化作乌有
杳无痕迹
绝对乌有
乌有
乌有
乌有

当一切化作乌有,然为万有,
当我化作乌有,化作乌有
每一点灰烬都消失后,我来到这里
升起,在另一个世界上落脚
升起,完成复活

升起,不是再生,是升起,身体一如以往,
崭新,无法认识的新,活生生超越生
骄傲,超越想象或极度骄傲
活生生,是从未梦想过的活,毫无暗示,
在这里,另一个世界,依旧是人的世界
我自己,一如既往,但崭新得难以言说。

6

我,在这酸腐黑暗的坟墓中,彻底践踏而死
我在夜里伸出手来,一个夜里,我的手
触到的绝不是我
那绝不是我。
我来到的地方突然腾起烈焰
火光熊熊!
于是我的手伸得更远,再远些
我感到那不是我,
绝不是我
而是未知物。

哈,我是一团烈焰腾起!

我是一头老虎跃入阳光里。

我贪婪,为未知物发疯

我,新生后上升,复活,在坟墓里饥饿了很久,

在总是贪婪的自我生活中煎熬

现在来到这里,我苏醒新生,将手伸出

触摸那未知,真正的未知,那未知的未知。

我的上帝,可我只能说

我触摸,我感知这未知!

我是第一人!

科尔特斯,皮萨罗,哥伦布,卡伯特,①一无是处!

我才是先行者!

我是发现者!

我发现了另一个世界!

---

① 这几人都是发现和征服美洲的欧洲人。埃尔南·科尔特斯,西班牙征服者;弗朗西斯科·皮萨罗,西班牙冒险家,征服秘鲁和印加帝国;哥伦布,服务于西班牙的意大利航海家;约翰·卡伯特,意大利航海家,一四九七年他为英王亨利七世航行到达今天的加拿大,他却以为到了亚洲的东海岸。第二年他到达了今天的美国东海岸,他向英王报告发现了新领土。英王根据他的报告宣称北美大陆属英国所有。

那未知,那未知!
我被甩上岸来。
沙子盖上自己。
泥土填充嘴巴,
身体在土地里耕耘。
那未知,那新世界!

7

是我妻子的侧身
我的手在触摸,我握紧拳头
升起,觉醒,从坟墓中!
是我妻子的侧身
我们结缡多年
在她身边躺了上千个夜晚,
所有的日子里,她都是我,她是我;
我能摸她,是我在触摸,也是我被触摸。

升起,从坟墓中,从黑暗的遗忘中,
伸出我的手,如溺水人抓住
　　一块石头

我能摸到她的侧身,知道我被水流从死亡
载向新世界,我爬上岸
站起,不是去那旧世界,那个一成不变的旧我,旧生命,
醒来,不再有旧意识,
而是来到新的土地上,一个新我,新意识,新时光的世界。

啊,不,我难以言说,这个新世界!
我难以言说,这发现多么令我疯狂,惊人的狂喜。
我为此狂喜
将来无论谁都会发现新世界里的我
一个狂喜的疯魔。

8

碧绿的清流从新世界大陆深处淌出,
那是什么?
碧绿、澄澈,永恒地流淌
与大陆内心的神秘一起溶化
超越认知、忍耐的神秘,如此华美,
从新世界的源头流出。
她,那另一道碧溪,也生着奇异的碧眼;

白沙、陌生的水果,还有那香水
香气永不会越过黑暗的海飘向我们寻常的世界!
这片血脉贲张的大地!
峡谷在爱中相互贴近!
那奇特的方式,令我在活力中湮灭!
这另一个她,奇特耸起的胸乳和
坡地与雪白的平畴

生命极致令我失明忘却!
那未知的强烈生命激流
淹溺我,卷走我,拖曳我下沉
到神秘的源头,在幽深处,
湮灭了我复活的生命
又再次点燃它,在极度神秘的核心。

写于格里特汉

丽　达

来吧,不要吻
不要手的抚摸
唇和呢喃都不要;
来,扑闪着翅膀
探海的尖喙
踏浪的湿蹼
来到柔软的腹上。
(此诗取材自神话:斯巴达王的妻子丽达被装扮成天鹅的宙斯所强奸,产下的蛋,其中一枚成为海伦。劳伦斯曾经以此题材创作了一幅同名油画。)

我看电影的时候

我看电影的时候,看到那黑白的感情
　　　谁都不曾感受,
听到观众们叹息、抽泣,那些情绪他们
　　　谁并不真有,
看到他们情绪高涨而拥抱,那些激情他们
　　　谁都没有一刻的体验,
发现他们吻着低吟,那种黑白片上的吻
　　　并非能感同身受
如同在天上,弥漫着白气
人们的影子投在上面
黑白的人影晃动
那浅薄的狂喜,毫无感知
远在苍穹。

诺丁汉的新大学 *

诺丁汉那座阴郁的城,在那里
我上了中学和学院,在那里
他们建了所新大学,为了
分配新的知识。

它修得堂皇方正,靠的是
高贵的掠夺,通过
好心的杰赛·布特爵爷
精明的算计。

儿时的我绝没想到,当我
把可怜的零钱交到

---

* 一八八一年建校,为学院,是劳伦斯的母校。一九二八年迁入诺丁汉城外现在的新址。一九四八年升格为大学。

布特的钱柜上,杰赛会
把成百万同样诚实的小钱转手

堆起这些小钱,最终会
耸立而起,方方正正
庄严辉煌
成为

一所大学,在那里
精明的人会分配一剂剂
精明的赚钱良药,用
浅显易懂的语言!

未来诺丁汉的孩子们
会成为赚钱的理学士。
诺丁汉的电灯都会耸起,说
我是靠布特公司得的文学士。

从此我懂了,尽管我早就明白,
文化的根是深深扎在
金钱的粪堆里,而学问
则是布特公司最后的一条涓流。

男　人

一个男人最要紧的
是心中不碎的火花
那才是他的自我
英勇无畏。

我最想看到那火花闪烁
生动而干净。

可是啊,我们的文明,
欲望毁灭了那火花
男人变为活泥巴。

男人心中的火花灭了
不得不为奴,工资的奴隶,
金钱的奴隶。

蜥　蜴

一条蜥蜴爬到石头上来，倾听
毫无疑问是空气声。
一个怎样的纨绔家伙！冲你仰着下颌
摇着尾巴。

如果男人像男人如同蜥蜴像蜥蜴
他们还值得一看。

纯真的英国

哦,多么遗憾,哦!爱信不信
无花果①在这个自由的国度无处可寻!

无花果不会长在我的故土,
身边无花果叶全无,

当你需要的时候。所以我就不想。
于是就来了叫嚷。

处子般纯真的警察来了
蒙着脸害羞了,

---

① 无花果象征女性生殖器。这是劳伦斯的画展被警察查抄后写的讽刺诗。

他们将那些无耻的货色搬到
监狱,躲避光天化日的照耀。

米德先生,那朵老朽百合花
说:"粗野!粗鄙!可恶!"而我却犯傻,

以为他指的是警察法庭上的官员,
他说得真对,于是我忙把名签,

以此确认他的话,可是,天啊,他指的是
我的绘画,审判就此开始。

结论是,我的画必焚
英国艺术家或许最终能长学问:

他们画完裸体,记住盖上一块遮羞布,
遮羞布啊遮羞布,不盖就开路!

如果你找不到无花果叶,
那就画个朦胧的花环,后面空空如也。

朦胧的花环司空见惯
在北方,来遮蔽歌唱的乌龟。

尽管它们从不唱,他们从不唱,
你可别斗胆暗示有这种情况,

否则米德先生就穷追不舍。
可惜的是我从不知道

一个朦胧的英国花环竟可以当成
一块遮羞布用!我完全可以让那里迷雾蒙蒙。

可那老狗仍吠声不断。
所以我的画进了监狱而非动物园。

祈 祷

把月亮放在我脚边,
把我的脚放在新月上,如神一般!
哦,让我的脚踝沐浴在月光中,我就能
穿着月光鞋,双足清凉又明亮地信步走向
我的归宿!

现在太阳充满敌意
他的脸像红狮一样。
(此诗未完)

地中海

这海决不会死去,亦不会衰老,
也不会褪去湛蓝,不会不在黎明
耸起它的浪峰波岭
载着酒神狄奥尼索斯①黑色的扁舟
桅杆上缠绕着葡萄藤
伴着跳跃的海豚
航行。

无所谓,如果那些"半岛东方"和"东方"②
黑烟滚滚的汽轮或任何这样的肮脏物件

---

① 希腊神话中的葡萄酒与狂欢之神。
② 这是英国当时最庞大的国际航运公司名称。

徐徐横越这段米诺斯①的距离!
仅仅是横越,那距离从未改变。

明月赋予男人闪光的身躯
它正兴高采烈,敢于蔑视太阳,
我看到黎明中从那些船上
走下赤裸苗条的科诺索斯②男人,面露古老的笑容
那些古人绝对会重返
在岸上点燃微火
蹲下,吐露富有乐感的逝去的语言。

米诺斯诸神和悌林斯③诸神
依旧在此窃笑絮语
狄奥尼索斯这个陌生的青年人
倚着大门,倾听,肃然起敬。

---

① "米诺斯文明"一名来自古希腊神话中之克里特贤王米诺斯。它是欧洲最早的古代文明,也是希腊古典文明的前驱,距今有三千多年。这里指航船驶过的表面距离是一千多公里,但古代米诺斯文明与欧洲现代文明的距离却是无法估量的。
② 青铜时代克里特岛上的一座古城。
③ 克里特文明向希腊扩张后的第一个殖民地。

虹

即使是虹也有身体
来自淅淅沥沥的雨
是闪烁的原子建成的屋宇
筑起来,建起来
可你无法用手去触及,
不能,甚至头脑也难以企及。

灵 舟 *

1

是秋天了,果子落了
漫漫长路通往湮灭

苹果掉落如大颗的露水
摔伤自己打开出路让自我离去

是时候该走了,道声再见
对自身的自我,发现一条出路
从垂落的自我走出。

---

* 灵舟的意象来自劳伦斯在伊特鲁利亚看到的墓穴中的墓葬小铜船。在古埃及的《死亡书》中也有灵船在生死间穿梭的意象。

2

打造好你的灵舟①了吗,哦,造好了吗?
哦,打造你的灵舟吧,你会需要它。

阴冷的冰霜紧逼,苹果掉落
几乎是轰然散落,厚厚地铺满坚硬的地面。

死气在空中弥漫如灰烟!
难道你闻不见?

伤痕累累的身体里恐惧的魂
在萎缩,躲避着寒气
透过孔洞袭入

3

一个人能仅仅用尖刀②

---

① 此句源自《圣经·创世记》第七章,第十四至十六节。劳伦斯想象的小舟形似挪亚方舟。
② 此句源自《哈姆莱特》第三幕第一场,第七十至七十六行。

让自己得到解脱吗?

用匕首,尖刀,子弹,人可以
刺伤自己或为逃生打开出口;
可那是解脱吗? 告诉我那是吗?

肯定不是! 谋杀,甚至自杀
怎能令人解脱?

4

哦,来说我们知道的沉寂,
我们能懂得吗,一颗强大的心平静后
那深沉美好的寂静?!

我们怎能获得解脱?

5

那就打造你的灵舟吧,因为你必须踏上
那最遥远的旅程,去向湮灭。

死过漫长而痛苦的死亡
在旧与新的自我之间。

我们的肉体已经坠落,伤痕累累,
我们的灵魂已经从那残酷的
伤痕中渗出。

黑暗无尽的终点之海洋
已经涌入我们的伤口,
洪水已经降临我们头上。

哦,打造你的灵舟,你的小小方舟
装上吃食,小糕点和美酒
为那黑暗的湮灭行程。

6

破碎的肉体死去,懦弱的灵魂
立足之地已经被冲走,当黑暗洪水涌起的时候。

我们正死去,正死去,我们都在死去
什么也止不住我们内心的死亡洪水涌起

不久它会在全世界涌起,在外部世界涌起。

我们正死去,正死去,破碎的肉体正在死去
我们的力量离我们而去,
我们的灵魂在洪水之上的黑雨中抖缩,
在我们生命之树的最后枝干上抖缩。

7

我们正死去,正死去,我们只能
情愿死去,打造灵舟
承载灵魂踏上最长的旅程。

一叶扁舟,有船桨,有吃食
和小碟子,还有全副装备
为离去的灵魂量身备好。

启动这小舟吧,既然肉体开始死去
生命开始离去,启动吧,这脆弱的灵魂
在勇气的脆弱小舟中,这信念之舟
载着吃食和小锅
和换洗衣物,

在洪水中黑色的废弃物上
在终点的水流上
在死亡之海上,我们依然在航行
在黑暗中,我们没有航向,不能靠港。

没有港湾,没有去向
只有加深的黑暗,依然
更黑地笼罩在无声的洪水上
黑暗与黑暗重叠,忽上忽下
周边漆黑,就此再也没了方向。

那小舟,已经离去。
看不到她了,杳无踪影。
她离开了!去了!可
她在某个地方。
无处寻觅!

8

一切都去了,肉体去了
彻底去了,沉了,去了,彻底去了。
上面的黑暗与下面一样沉重,

它们之间是这小舟
去了
她也去了。

这是终结,这是湮灭。

9

但是一条来自永恒的线
在黑暗上分开
一条水平线
在黑暗上闪着苍白的如烟微光。

是幻觉吗?还是那苍白的烟
在稍高处弥漫?

啊,等待,等待,黎明要到来,
残酷的黎明
从湮灭重返生命。

等待,等待,那小舟
漂泊在洪水黎明那

死一般的灰色下面。

等待,等待!即使如此,还要等待一道黄色奇特的流水,哦,寒冷的魂,一道玫瑰之流。

玫瑰之流,一切重新开始。

10

洪水退去,那肉体,如残破的贝壳
露出来,陌生而可爱。
那小舟漂回家,颠簸着消逝
在粉红色的洪水上,
羸弱的灵魂走出来,回到她的家
身心平静如许。

重归平静的心
甚至寂灭的心,在摇荡。

啊,打造你的灵舟,啊,打造它!
你会需要它。
因为通向湮灭的旅程在等着你。

灵 舟

打造好你的灵舟了吗,哦,造好了吗?
哦,打造你的灵舟吧,你会需要它。

夕阳里,坐在隐匿的平静
海边,打造你的小小
灵舟,它将载着灵魂
去向它最终的旅程,前行,前行,那么安宁
那么美丽,越过最后的海域。

那天到来时,它会来
哦,在夕阳里思考吧,平静地!

最后的一天,踏上
最远的旅程,越过隐匿的海洋

去向湮灭的最后奇境

湮灭,这最后的奇迹!
当我们把自己彻底交给
未知,并从我们小小的
灵舟里出来
进入纯粹的湮灭。

哦,打造你的灵舟,这就打造
心绪茫然而宁静,双手默默地
在黄昏中拼起木板,
挂上沉默隐匿的船帆
它会在死亡中向着微风展开
那是宇宙善良的风,将吹送
这小舟,把灵魂送往神奇的目的地。

啊,如果你想在地球上活得安详
那就打造你的灵舟,准备好
为那最远的航程,越过最后的海洋。

阴　影

如果今夜我的灵魂找到她的安宁
在睡眠中，在湮灭中沉没，
到清晨又醒来如初绽的花朵
那就是我再度被上帝浸洗，获得了新生。

如果，随着时光的流逝，在月亮的阴影中
我的精神暗淡离我而去，柔和奇特的晦暗
弥漫在我的行动、思想和言语中
那我就知道我仍然
与上帝一起行走，我们紧密相依，遮住了月亮。

如果，当深秋来临天光晦暗
我感到了落叶之痛，感到了风暴吹折树干之痛
感受到忧虑、消亡和苦恼的痛苦

深深的阴影温柔地笼罩,笼罩
笼罩我的魂、我的精神和我的唇
那么甘美,令人晕眩,更像一首低缓悲凉的歌
比夜莺的歌声还忧郁,唱啊唱,从冬至唱到夏至
唱到短暂的白昼和岁月的沉寂之时,阴影笼罩,

那我就会知道我的生命仍在活动
与黑暗的地球同步,沉浸于
地球的流逝和再生的深度湮灭中。

如果,在人生的变迁过程中
我身患顽症,身陷痛苦
我的手腕仿佛被折断,心脏仿佛已停跳
力量消失,我的生命
仅仅是生命的残存:

依然,在一切之中还有丁点的美好湮灭,丁点的
　　再生
零星的冬之花在枯萎的树枝上,那是奇特的新花朵
是我生命中从未绽放过的花,我的鲜花——

那我就肯定知道

我还掌握在不可知的上帝手中,

他正把我打碎投入湮灭中

把我送给一个新的清晨,诞生一个新人。

凤 凰

你可愿意被抹去、清除、清理,
沦为乌有?
你可愿意沦为乌有?
彻底湮灭?

如果不愿,你就绝难真正改变。

凤凰更新她的青春
只能燃烧自己,活活燃烧,烧成
灼烫的松软灰烬
灰烬躁动,雏鸟新生
羽毛柔软如飘浮的灰烬

那是她在更新自己的青春,如同雄鹰①永生鸟儿②。

---

① 中世纪动物寓言传说中,雄鹰为了更新生命而飞向太阳。
② 见济慈诗歌《夜莺颂》:你不是为死而生,永生鸟儿。

"蓝色花诗丛"总书目

(按作者出生年月先后排序)

你是黄昏的牧人	[古希腊]萨福	罗洛 译
天真的预言	[英]布莱克	黄雨石 等译
狄奥提玛	[德]荷尔德林	王佐良 译
致艾尔薇拉	[法]拉马丁	张秋红 译
城与海	[美]朗费罗	荒芜 译
请你记住	[法]缪塞	宗璞 等译
浪漫主义的夕阳	[法]波德莱尔	欧凡 译
这无穷尽的平原的沉寂	[法]魏尔伦	罗洛 译
新月集·飞鸟集	[印度]泰戈尔	邹仲之 译
东西谣曲	[英]吉卜林	黎幺 译
未走之路	[美]弗罗斯特	曹明伦 译
裂枝的嘎鸣	[德]赫尔曼·黑塞	欧凡 译
注视一只黑鸟的十三种方式	[美]史蒂文斯	王佐良 译
沙与沫	[黎巴嫩]纪伯伦	绿原 译
重返伊甸园	[英]劳伦斯	毕冰宾 译

荒　原	［英］T. S. 艾略特	赵萝蕤 等译
小小的死亡之歌	［西班牙］洛尔迦	戴望舒 译
不要温顺地走进那个良宵	［英］狄兰·托马斯	海　岸 译

（待续）